Claude Lucien Sandras

Rapport général sur le service médical

Pendant le siège de Paris

Antigonos

Claude Lucien Sandras

Rapport général sur le service médical

Pendant le siège de Paris

Réimpression inchangée de l'édition originale de 1871.

1ère édition 2024 | ISBN: 978-3-38814-507-5

Antigonos Verlag est une marque de Outlook Verlagsgesellschaft mbH.

Verlag (Éditeur): Outlook Verlag GmbH, Zeilweg 44, 60439 Frankfurt, Deutschland, info@outlook-verlag.de
Vertretungsberechtigt (Représentant autorisé): E. Roepke, Zeilweg 44, 60439 Frankfurt, Deutschland
Druck (Imprimerie): Libri Plureos GmbH, Friedensallee 273, 22763 Hamburg, Deutschland

RAPPORT GÉNÉRAL

SUR LE

SERVICE MÉDICAL

PENDANT

LE SIÉGE DE PARIS

RAPPORT GÉNÉRAL

SUR LE

SERVICE MÉDICAL

PENDANT

LE SIÉGE DE PARIS

Par le Docteur C.-L. SANDRAS

Membre de la Société des Médecins de la Seine,
Secrétaire de la Société médicale du Panthéon, — Membre correspondant des
Sociétés médicales d'Angers, — de Besançon, — de Caen,
de Lausanne, — de Marseille, — de Nimes, — de Poitiers, — de Rouen,
de Strasbourg, — de Troyes,
de la Société d'agriculture, sciences et lettres de Poligny, etc.

Miserrima vidi.

PARIS

ADRIEN DELAHAYE, LIBRAIRE ÉDITEUR

PLACE DE L'ÉCOLE-DE-MÉDECINE

—

1871

A LA MÉMOIRE DE MON ONCLE ET AMI

C.-M. SANDRAS, ancien Médecin de l'Hôtel-Dieu

Chevalier de la Légion d'honneur, etc.

—

A MON PÈRE

A.-L. SANDRAS, ancien Recteur d'Académie

Chevalier de la Légion d'honneur, etc.

—

A MON FRÈRE

LÉON SANDRAS, chef de bureau au Ministère de l'Instruction publique

Chevalier de la Légion d'honneur

PRÉFACE

Miserrima vidi.
Et, si fata deum, si mens non lœva fuisset....

Le dimanche matin, 4 septembre 1870, j'étais profondément attristé par l'épouvantable désastre qui venait de frapper mon pays, et j'étais sorti de Paris afin d'aller respirer plus librement à la campagne.

Le soir, je rentrais dans la capitale et je trouvais la population en fête, on chantait, on buvait, on fraternisait, on semblait se réjouir des malheurs de la patrie, la République était proclamée !!!

Pour le public, on allait organiser la victoire en transformant les citoyens en soldats et en improvisant des armées ; pour moi, le gouvernement ne connaissait ni l'Allemagne, ni la France, ni Paris, il devait nous précipiter dans une série d'effroyables calamités, mais je n'avais qu'une chose à faire, remplir le mieux possible les fonctions qui allaient m'être confiées, et c'est ce que j'ai fait.

Quant aux craintes que j'avais si souvent manifestées depuis le début de notre guerre insensée, elles se sont toutes réalisées, et le lecteur, en parcourant ce Mémoire, pourra se convaincre qu'avec une observation plus attentive, un peu plus de sens pratique et moins de phrases à effet, nos gouvernants auraient pu éviter bien des malheurs à la France.

Dr L. SANDRAS.

RAPPORT

Paris, le 17 mars 1871.

Monsieur le Ministre,

J'ai l'honneur de vous adresser mon rapport sur les différents services qui m'ont été confiés par l'administration pendant le siége de Paris, ou plutôt depuis le 26 juillet 1870 jusqu'à ce jour.

Je me permettrai de rappeler que j'avais déclaré dès le principe que je n'entendais rechercher aucune fonction rétribuée, que je cherchais à rendre service dans la mesure de mes forces, que j'accepterais les postes où je pourrais être utile, sans m'occuper de savoir s'ils seraient honorifiques, et que je refusais absolument de profiter de certains avantages matériels fort recherchés dans certaines ambulances.

Il sera facile de vérifier si j'ai suivi ce programme de point en point, et de constater que, dans plus d'une circonstance, j'ai cru devoir m'effacer afin d'éviter à l'administration ces embarras, et ces difficultés qui résultent souvent des rivalités d'amour-propre et qui sont presque inévitables quand on traverse des événements comme ceux qui viennent de s'accomplir.

Notre rapport est fait bien plutôt au point de vue de la philosophie médicale qu'au point de vue de la statistique, non pas que je veuille dire que la statistique est une chose mauvaise en soi, mais on en a tant usé et abusé dans ces dernières années, on est parvenu à lui faire dire tant de choses contraires à la vérité que vous ne devez y attacher présentement qu'une bien faible importance. D'ailleurs des événements graves se préparent, la guerre avec l'Allemagne paraît finie et la paix sur le point de renaître ; eh bien! non, il ne faut pas se faire d'illusions.

L'observation attentive des faits, mes relations pour ainsi dire incessantes, mes conversations familières avec des membres appartenant à toutes les classes de la société, les faits dont je suis témoin chaque jour, enfin mes observations particulières, que je me permettrai de désigner sous le nom d'*Études sur l'état moral de la population parisienne* me permettent de croire que nous sommes à la veille d'une guerre civile sérieuse et que, en vous adressant ce rapport à la veille de la fermeture des ambulances, je vous l'adresse peut-être à la veille de la réouverture de ces mêmes ambulances.

Il ne faut pas s'y tromper, deux fois cette guerre civile a avorté, deux fois elle a été étouffée ou plutôt différée par suite de ciconstances tout à fait acciden-telles et presque incompréhensibles ; or, il est de ces événements qui peuvent bien être différés, mais non pas évités ; si la guerre civile éclate une troisième fois, comme je le crois, elle sera alors plus générale et plus violente, et Dieu veuille qu'elle éclate plus tôt que plus tard ; car si l'armée allemande est encore à Paris, au moment où se fera cette redoutable explo-sion, la France pourra être sauvée ; mais, dans le cas contraire, il peut en résulter pour notre pauvre pays les plus grands malheurs.

En effet, si l'explosion des sentimenss populaires si exaltés et si cruellement froissés par les tristes évé-nements qui viennent de s'accomplir, a pu être com-primée ou réprimée pendant un certain temps, grâce aux mesures bienveillantes prises par l'administration d'une part, et grâce à la présence de l'armée germanique d'autre part ; il n'en est pas moins vrai que, si ce dernier et puissant élément pondérateur n'existait pas, nous verrions se manifester immédiatement la plus effroyable des révolutions.

Il ne faut pas oublier que la population parisienne est donée d'un esprit vif, mais irréfléchi et turbulent. Le siége de Paris a excité et surexcité toutes les passions, mais des souffrances aussi longues qu'inutiles ont aigri les sentiments et perverti les meilleurs instincts, de sorte qu'à l'heure présente vous ne pouvez plus faire appel au bon sens public ni au raisonnement calme et paisible. La capitulation de Paris a fait naître dans les masses un esprit de défiance, de haine et de colère qui n'attend que le moindre prétexte pour se manifester. Des ambitieux sans principes et sans conscience démoralisent l'armée et excitent les masses ignorantes en leur promettant des choses impossibles, et le peuple, dans sa colère, se prépare à aller attaquer Versailles, autant pour prouver sa bravoure que pour se venger des souffrances qu'il a endurées.

Ma conviction bien profonde est que la garde nationale de Paris , malgré son grand nombre , malgré ses armes, malgré sa bravoure décuplée par la colère, la haine et le désir d'une victoire, ne sera pas capable d'exécuter avec succès le mouvement complexe qui lui permettrait d'aller jusqu'à Versailles pour en chasser la Chambre , mais enfin il est probable que, dans ce but, elle fera une tentative réelle.

Les troupes du gouvernement ne sont pas nombreuses en ce moment; mais je crois qu'elles doivent être plus que suffisantes pour arrêter les deux ou trois cent mille soldats citoyens. Ce résultat obtenu, alors, mais seulement alors, nos généraux pourront faire comprendre aux Parisiens, qui auront échoué dans leur tentative belliqueuse, que , s'il leur est impossible de franchir en masse les lignes de Versailles, la chose était bien autrement impossible alors que la route était fermée non pas seulement par quelques débris de l'armée française, mais bien par l'armée allemande aussi nombreuse que solidement placée et largement approvisionnée ; surtout lorsque Paris était cerné de tous côtés et manquait même du nécessaire.

Je ne veux plus m'étendre davantage sur ces considérations générales, Monsieur le Ministre, mais il est incontestable que, si j'ai pu me rendre un compte à peu près exact de l'état moral de la population, c'est non-seulement par suite des relations que fournit une nombreuse clientèle, mais encore par des études médico-psychologiques que j'ai pu faire en remplissant les différents services dont j'ai été chargé et sur lesquels il me reste à vous donner quelques renseignements qui compléteront ce qui vient d'être exposé précédemment

1º *Organisation des services médicaux.*

Nous avons été appelés tantôt au Val-de-Grâce, tantôt à la mairie, tantôt à l'intendance, etc., pour organiser les services médicaux, et partout nous avons trouvé tous les membres du Corps médical remplis de zèle et de dévouement. Malheureusement, notre enthousiasme et notre désir de faire le bien nous ont parfois emporté trop loin, il y avait trop de zèle ; or dès le début notre zèle a dû singulièrement embarrasser l'administration : les médecins se présentaient en foule pour offrir leurs services et chacun semblait vouloir remplir à lui seul tous les postes vacants et surtout les premiers postes. De là l'extrême difficulté de s'entendre, de là certaines organisations défectueuses, de là ces reproches adressés au pouvoir, lequel, malgré son extrême bonne volonté, ne pouvait parer à tous les inconvénients, à toutes les difficultés.

Il faut avoir été spectateur et acteur bien désintéressé dans de pareilles questions pour pouvoir apprécier à leur juste valeur tous les conflits, toutes les réclamations, toutes les récriminations qui avaient pour origine des amours-propres froissés. Si l'émulation est un des mobiles qui nous ont fait faire de grandes choses, il faut pourtant reconnaître que dans la malheureuse guerre de 1870, l'amour-propre et la vanité nous ont perdus. Chacun voulant commander et personne ne voulant obéir, nous avons vu partout dans l'armée française le désordre et l'indiscipline paralyser notre ardeur et notre bravoure, tandis que, dans l'armée allemande, l'esprit d'ordre et de discipline augmentait encore sa force et son admirable organisation. Et voilà pourquoi, dès le début du siége, alors que chacun semblait rempli d'espérance, je n'ai jamais cessé de dire et de prédire ce qui se passerait aussi bien en province qu'à Paris.

2° *Examen des engagés volontaires.*

L'examen des engagés volontaires ne présentait

par lui-même rien de bien intéressant, cependant, il était facile de constater que l'enthousiasme patriotique n'était pas aussi grand qu'on aurait pu le croire; ainsi plusieurs de ceux qui demandaient à s'engager dans les zouaves se proposaient, non pas de défendre la patrie au prix de leur sang, mais bien d'aller passer tranquillement le temps de la guerre en Afrique, dans les dépôts d'Alger, d'Oran et de Constantine. Aussi lors de l'affaire de Châtillon n'avons-nous éprouvé aucune surprise en apprenant la panique et la fuite de nos zouaves de nouvelle formation, qui ne s'étaient engagés que dans l'espérance de ne pas se battre, mais sur le courage desquels beaucoup de personnes s'étaient fait de grandes illusions.

3° *Chirurgien-major de la garde nationale.*

Comme chirurgien-major de la garde nationale, j'ai eu à soigner, non-seulement des gardes nationaux de différents bataillons, mais encore des soldats appartenant aux différents corps de l'armée, marins, gendarmes, etc.

En dehors des maladies plus ou moins graves produites par le froid et l'humidité, nous n'avons pas eu d'affections remarquables; quant aux blessures, elles ont été bien plutôt le résultat d'imprudences inconcevables que le résultat de faits de guerre. Ainsi, l'un a tué son camarade, en déchargeant son fusil, l'autre s'est cassé la jambe en glissant sur le talus des fortifications, un troisième s'est fait partir un pistolet dans la main, un quatrième a reçu dans le genou la décharge d'un révolver parce que son officier a la manie de se promener avec des armes chargées dans sa ceinture et qu'il a laissé tomber son arme, etc. De tous côtés, c'est une sorte de folie, qui consiste à faire un étalage d'armes aussi étranges qu'inutiles.

On se rend au rempart avec des révolvers, des sabres, des poignards, des cuirasses, etc., pourquoi et pour qui, j'en suis encore à me le demander; il est vrai qu'en voyant certains médecins se promener fièrement le sabre au côté sur les remparts, je n'ai pas pu m'expliquer non plus l'utilité de leur armement.

Nous ne contestons d'ailleurs aucunement la bravoure de nos soldats citoyens ou du moins d'un certain nombre d'entre eux ; car en dehors de ce besoin de paraître, et de notre manie de jouer au soldat, nous étions pris d'une sorte d'ardeur belliqueuse et d'un désir de victoire et de gloire militaire.

Le peuple voulait une victoire et je ne crois pas qu'il fût possible de lui en procurer une ; mais, il aurait certainement fait preuve d'une certaine énergie, si on l'avait poussé dans le chemin du combat. L'autorité militaire, dans un esprit de prudence et d'humanité, je crois, a voulu sauver la vie des imprudents, éviter un désastre ; mais sa modération a été bien mal interprétée par les masses, et le but qu'on se proposait n'aura pas été atteint ; car, d'une part, s'il n'est pas mort beaucoup d'hommes par les armes, il en est mort beaucoup par les maladies (1) et, d'autre part, quand la guerre civile éclatera, les passions belliqueuses qui n'ont pas pu se montrer se déchaîneront avec une sorte de fureur et le besoin de se battre, disons le mot, de tuer, se traduira par des luttes fratricides plus meurtrières que celles qu'on aurait eues avec les Prussiens.

Une dernière observation sur mon service dans la garde nationale : à côté de nos qualités, je dois signaler un défaut qui touche à l'hygiène et qui réagit malheureusement sur le moral et, par suite, sur l'avenir de notre pays. Je veux parler de l'ivrognerie.

(1) En cinq mois, du 16 octobre 1870 au 17 mars 1871, nous avons eu à Paris 67,214 décès.

C'est avec un sentiment de peine, mêlé de dégoût, je dirai presque d'indignation, que j'ai constaté l'existence de cet horrible défaut dans la garde nationale. Que faire d'une quantité d'hommes ivres qui non-seulement ne veulent pas obéir, mais qui, de plus, jettent le trouble et le désordre dans les rangs de ceux qui sont disposés à marcher. Quelle confiance peut-on avoir dans des soldats qui ne sont pas capables de se tenir sur leurs jambes. De plus les ivrognes ne sont pas seulement des buveurs incommodes et dangereux, ils sont presque toujours joueurs et paresseux ; ils s'imaginent être les premiers citoyens du monde, veulent réformer tous les gouvernements, dresser des plans de campagne, changer les généraux, réprimer les abus, etc. Or, avec de pareilles doctrines on arrive rapidement à une révolution et à un état de choses impossible, Dieu veuille qu'il n'en soit pas ainsi ! mais j'ai bien peur que mes craintes ne se réalisent ; car j'ai entendu dire à des gardes nationaux ivres qu'on les avait armés, qu'on ne les désarmerait pas et que, s'ils ne faisaient pas usage de leurs armes contre l'ennemi, ils en feraient usage contre leurs concitoyens. A ce point de vue seul, c'est peut-être une chose fâcheuse qu'on n'ait pas utilisé leur ardeur belliqueuse contre l'étranger. J'aurais encore beaucoup de choses à dire sur ce sujet, mais j'abrége. Quant à mes expéditions, tant de jour que de nuit, à Issy, Rosny, Avron, Saint-Denis, etc., je ne les citerai que pour mémoire ; le froid m'ayant semblé notre plus cruel ennemi.

4° *Service de dispensaires.*

Ayant été désigné comme médecin dans plusieurs bataillons, j'ai eu parfois un service assez pénible, néanmoins j'ai pu parvenir à continuer mon service de dispensaire et recevoir les malades le soir pendant deux heures, trois fois par semaine. Un grand nombre de gardes nationaux sont venus nous trouver ainsi que beaucoup d'autres personnes peu fortunées, et nous avons eu la satisfaction de voir que notre municipalité a compris notre intention philanthropique, car elle a délivré gratuitement les médicaments que nous avons prescrits. Suivant moi, cette bienveillante mesure devrait être continuée dans l'avenir, car non-seulement elle permettrait de décharger les hôpitaux et les bureaux de bienfaisance ; mais encore elle établit entre les malades et les médecins des rapports sociaux et amicaux presque intimes au lieu de ces rapports secs et presque insolents (1) et dédaigneux que l'on rencontre dans les administrations de bienfaisance. Le malade est mieux reçu chez le médecin que dans les bureaux, et par suite il se tient mieux et plus convenablement. Il y a là une question à étudier, et qu'il serait facile de résoudre favorablement pour le bien public.

5° Société de secours mutuels.

Il n'entre pas dans mes idées de vous entretenir de mon service dans les diverses sociétés de secours mutuels dont je suis le médecin ; mais je crois devoir constater que, pendant la durée du siége, les malades ont été moins nombreux qu'en temps ordinaire. Ce résultat me paraît pouvoir être attribué à ce que la plupart des membres de ces sociétés sont des ouvriers laborieux et rangés. Presque tous ont des habitudes d'ordre et d'économie et je suis persuadé que, lorsque l'insurrection qui nous menace éclatera, bien peu figureront au nombre des émeutiers. Il ne faut pas s'y tromper, les ouvriers hon-

---

(1) J'avais écrit défiants, mais le compositeur a sans doute trouvé que mon expression n'exprimait pas bien ses impressions ou celles de ses camarades, car il a mis insolents ; eh bien, je laisse le mot.

nêtes sont plus nombreux qu'on ne le croit en géné-
ral. Ceux qui veulent le désordre et qui le feront
sont presque tous des hommes sans aveu, sans moyen
d'existence honorable, des hommes déclassés, tarés,
des repris de justice ou peu s'en faut. Il est vrai qu'un
certain nombre de ces hommes exercent une certaine
influence par leurs discours et par leurs écrits et que,
grâce à un certain commencement d'instruction et
d'éducation ils parviennent trop souvent à tromper le
public; ils paraissent avoir une certaine supériorité
sur les ouvriers qui n'ont pour eux que leur bon sens,
mais cette influence pernicieuse ne sera que partielle
et passagère. Il ne faudrait pourtant pas se dissimuler
que les décisions prises par le gouvernement, depuis
le 4 septembre jusqu'à ce jour, ont fait naître dans les
masses honnêtes, même dans la classe bourgeoise,
des sentiments déplorables. Les déceptions ont en-
gendré la colère et la défiance. La défiance se trans-
formera en haine contre ceux qui naguère étaient por-
tés aux nues. Dès qu'une occasion se présentera, ce
que j'appelle dans la conduite du gouvernement prudence, modération, douceur, sera bientôt transformé
en lâcheté, en incapacité, en trahison. Pour exciter
le sentiment patriotique et pour en imposer à l'ennemi

on a un peu trop exalté nos faibles mérites. Il peut être bien de flatter notre amour-propre, mais il faudrait prendre garde que ces flatteries ne fussent de nature à éveiller nos mauvais instincts et à faire naître dans les masses des désirs irréalisables.

Suivant moi la durée du siége de Paris est un malheur immense pour la France; il a déterminé l'invasion du pays tout entier et a amené beaucoup de souffrances inutiles pour le présent et pour l'avenir. Puisqu'il était impossible de s'en tirer, il fallait traiter de suite et non pas aggraver la situation. Après avoir persuadé aux gardes nationaux qu'ils sont les premiers soldats du monde, le gouvernement a capitulé et leur a laissé leurs armes et une solde relativement élevée ; c'est vouloir entretenir chez eux les plus malheureuses habitudes ; on a perdu l'habitude de travailler et contracté l'habitude de jouer, de boire, de fainéanter, de se promener avec des armes et de vivre d'une assez triste manière ; eh bien! je me demande maintenant comment on pourra faire rentrer à l'atelier tous les paresseux et pour désarmer tous ceux qui ne voulaient d'armes que pour combattre leurs concitoyens; car, au début de la guerre, c'est un désir que j'ai entendu émettre par certains citoyens. Ils voulaient être armés bien moins pour combattre les Prussiens que pour combattre la classe bourgeoise, et ils ne se gênaient pas pour dire qu'une fois armés c'était tout ce qu'il leur fallait, qu'on ne les désarmerait pas, que la guerre de Prusse n'était pour eux qu'un prétexte, l'espérance d'avoir bientôt une révolution sociale. La fabrication et la fonte des canons n'a été accueillie par beaucoup avec tant d'entrain et d'enthousiasme que dans l'espérance d'en faire usage un jour contre ceux de l'armée du parti de l'ordre.

L'insurrection qui éclatera prendra pour *prétexte* la liberté, la demande de certaines franchises, mais elle ne sera en *réalité* que l'expression de l'envie, la manifestation de la haine de ceux qui n'ont pas contre ceux qui possèdent moralement, et matériellement parlant. Comme toujours on parlera d'abolir la peine de mort contre les assassins, les scélérats, mais on l'appliquera contre les honnêtes gens. Les hommes tarés seront élevés au rang de grands citoyens et de vertueux patriotes jusqu'au jour où les masses s'apercevront *enfin*, mais trop tard qu'elles ont été trompées par des hommes assez intelligents et assez indignes pour s'en faire un piédestal.

Pendant le siége, on a tant parlé de l'héroïque résistance de Paris que les Parisiens ont fini par se croire tous des héros et les premiers soldats du monde ; ils ne se sont pas rendu compte que si Paris avait pu tenir si longtemps et ne pas éprouver de défaites sérieuses, ou des pertes considérables en prisonniers, ils en étaient surtout redevables à la prudence, à la modération de leur administration, qu'ils ont si souvent et si cruellement accusée ; quand l'histoire dans son impartialité jugera les faits, elle rendra certainement justice à qui de droit.

Pour moi la résistance de Paris est un fait très-remarquable, mais malheureux. Au point de vue de l'art proprement dit, la tenue du siége est aussi belle que l'institution du blocus, mais c'est une chose grave que de faire souffrir une population de deux millions d'habitants pendant six mois et par ce seul fait d'amener l'envahissement d'un grand pays par une armée étrangère très-nombreuse qui traîne avec elle la ruine et la dévastation. D'ailleurs les conséquences ne pouvaient pas être une amélioration dans la situation des armées françaises, et partant, pratiquement, toutes ces belles dispositions prises pour l'organisation de la défense ne pouvaient finalement que reculer l'époque de la capitulation en l'aggravant et c'est précisément ce qui est arrivé.

6° *Service des ambulances.*

Relativement au service des ambulances, je me bornerai à présenter quelques courtes considérations. J'ai été chargé de plusieurs ambulances dont une de vingt lits qui n'a été formée que le 14 mars. Nous avons eu à soigner des blessés et des malades appartenant les uns à l'armée proprement dite, les autres à la garde mobile, d'autres enfin à la garde nationale.

Avant d'organiser nos services, nous avons eu soin de visiter un assez grand nombre d'ambulances situées dans différents quartiers de Paris, et je crois pouvoir affirmer que si les nôtres ne se faisaient pas remarquer par ce luxe exagéré que j'ai trouvé dans quelques-unes, nos malades y ont en revanche trouvé quelque chose de plus utile pour leur santé, des soins assidus, un certain confortable et une véritable intimité sans affectation. Tandis que, dans les grandes ambulances modèles, les malades étaient au régime de la tisane froide, chez nous on leur servait nuit et jour de la tisane chaude. Aussi nous avons obtenu des guérisons remarquables tant au point de vue médical qu'au point de vue chirurgical. Ainsi, après l'affaire de Champigny nous n'avons pas cru devoir pratiquer une seule des amputations qui avaient été conseillées pour des blessures graves compliquées de fractures comminutives, et non-seulement nous n'avons pas perdu un seul de nos blessés, mais encore tous nos blessés ont conservé leurs membres et marchent sans boiter. Il est vrai que nous avons fait un grand usage des cataplasmes de farine de lin, et que bien des médecins ne se doutent pas du nombre et de l'importance des guérisons que l'on peut obtenir avec de bons cataplasmes.

Au point de vue de la constitution médicale, deux éléments nous ont paru exercer une influence bien remarquable : ce sont le froid humide et l'alimentation vicieuse.

Nous avons constaté dans toutes les ambulances l'existence de bronchites comme nous n'en avions jamais observé avant la guerre. Les soldats, en couchant sur la terre humide, sous la tente et dans les tranchées, contractaient des bronchites aiguës accompagnées d'une expectoration de mucosités purulentes d'une abondance telle qu'il en résultait de véritables vomiques, et l'on a compté que, dans la dernière semaine de janvier 1871, sur 4,671 décès, 1,092 étaient dus à la bronchite ou à la pneumonie, tandis qu'il n'était mort que 305 personnes par les accidents de guerre.

Nous avons hâte d'ajouter que dans nos ambulances, grâce à l'influence de conditions hygiéniques exceptionnellement favorables, ainsi qu'à un traitement énergique et régulier (vomitifs, purgatifs, emplâtres révulsifs, calmants et tisanes chaudes), nous avons presque toujours obtenu la guérison de ces bronchites, que nous appelions rhumes des tranchées.

L'influence de l'alimentation insuffisante, et particulièrement du mauvais pain, a contribué dans une large part à augmenter la mortalité qui avait presque quadruplé. Ainsi, du 14 janvier au 17 février 1871, c'est-à-dire en un mois, il y a eu 22,066 décès, tandis que la période correspondante en 1870, du 16 janvier au 19 février, n'avait fourni que 5,560 décès.

En 1871, une période de six semaines a donné vingt mille quatre cent quarante-neuf (20,449) décès de plus qu'en 1870, et la statistique nous apprend que pendant cette période les accidents de guerre, des combats et du bombardement n'avaient causé que neuf cent quarante-trois (943) morts.

En dehors de ces faits matériels, il y a eu pour l'observateur attentif une autre influence pernicieuse dont les effets, peu appréciables au début, continueront néanmoins à se faire sentir pendant un certain temps. Notre horrible pain amenait chez quelques personnes une sorte d'appauvrissement du sang, de chloro-anémie, d'état pellagreux dont les conséquences auraient pu être très-graves si le siége avait duré plus longtemps. Personnellement, je n'en ai ressenti que les premières atteintes, mais la santé de plus d'un Parisien en a été plus ou moins profondément altérée.

Enfin, et comme chose digne d'être signalée, nous dirons que nous avons vu des personnes obèses chez lesquelles notre pain de foin, d'avoine et de riz concassé a produit une sorte de grattage mécanique des intestins, un effet purgatif régulier, accompagné d'une diminution considérable du poids et de la corpulence. Il s'en est suivi une reprise de l'appétit, un rétablissement des fonctions digestives, et finalement un retour à la santé.

Que saurait-on dire de nouveau sur la variole, si ce n'est que la population, qui en avait une peur affreuse en 1869, lorsqu'elle enlevait 30 personnes dans la dernière semaine de l'année, ne paraissait plus s'en préoccuper en 1870, alors qu'elle emportait 454 personnes du 25 au 31 décembre 1870.

Présentement, l'épidémie de petite vérole diminue très-sensiblement à Paris, et il est très-probable que d'ici peu elle aura totalement disparu. La raison nous en paraît bien simple, car la variole est une maladie miasmatique ; or, d'une part, le miasme, poison ou ferment variolique, a dû être dispersé, transporté par les vents dans d'autres pays qui vont se trouver infectés à leur tour, et d'une autre part les habitants de Paris ont vécu assez longtemps dans une atmosphère saturée de ce principe ou ferment morbide pour que tous ceux qui étaient aptes à contracter la maladie en aient été atteints. Il n'y a plus guère à craindre que pour les nouveaux arrivants, les étrangers, les enfants, et encore.

D'ailleurs, on peut toujours avoir recours à la préservation par la vaccine, et l'on peut ajouter que le succès sera d'autant plus assuré que l'épidémie sera plus sur son déclin.

Si j'ai pu parvenir à remplir convenablement la tâche fatigante que j'avais acceptée, je le dois d'abord à mon excellente santé et à une grande activité naturelle ; ensuite et surtout à un régime d'une extrême sobriété , régime qui, malheureusement, n'a pas été suivi par un grand nombre de personnes.

Me sera-t-il permis de dire en terminant que, depuis vingt ans, je n'ai pas cessé de remplir des fonctions médicales entièrement gratuites , notamment pendant notre malheureuse guerre, et que, dans un grand nombre de circonstances , il m'a été possible de répandre bien des notions scientifiques et de rectifier bien des erreurs très-répandues dans les classes ignorantes.

Je vous prie d'agréer, Monsieur le ministre, l'assurance de mon respectueux dévouement.

Dr L. SANDRAS.

LISTE

DES

SERVICES, TITRES, RÉCOMPENSES

ET MÉMOIRES DIVERS

Du Docteur C.-L. SANDRAS

———

Conformément à la demande qui nous en a été faite par l'Administration ; nous terminerons ce Mémoire par une liste détaillée de nos services, titres, récompenses et mémoires divers, depuis le 12 août 1850 jusqu'au 18 Mars 1871.

1º Services rendus dans les hôpitaux de Tours et de Paris, soit comme externe, soit comme interne, depuis 1851 jusqu'à 1857.

Services rendus soit gratuitement, soit comme médecin des Sociétés de secours mutuels ci-après :

de Saint-Nicolas-des-Champs,

de Saint-André,

de Saint-Hugues,

de l'Union,

de l'Union parfaite,

des Amis fidèles,

des Bons humains,

des Enfants de Sion,

des Enfants de Jacob,

des Lithographes,

des Bijoutiers en acier,

des Employés droguistes de la Seine,

Aide-major
Chirurgien-major } siége de Paris.
Médecin des Ambulances

2° Bachelier ès-lettres, 1850.

Chargé des fonctions de secrétaire d'Académie, 1850.

Externe des hôpitaux de Tours, 1851.

Bachelier ès-sciences, 1852.

Suppléant à l'hôpital de Tours (concours) 1852.

Chargé des fonctions de Prosecteur (concours), 1853

1er Interne des hosp^es et de l'asile des aliénés (concr^s), 1853.

Externe des hôpitaux de Paris (concours), 1854.

Sous–aide-major commissionné à l'armée d'Orient (concours), 1855.

Docteur en médecine de la Faculté de Paris, 1856.

Professeur à l'École pratique (arrêté ministériel), 1857.

Cours sur les Maladies nerveuses.

Concours pour l'Agrégation, 1859.

Membre de la Société des Médecins de la Seine.

Membre de la Société médicale du VIe arrondissement.

Membre de la Société médicale du Panthéon.

Membre correspondant des Sociétés médicales :

de Poitiers,

de Marseille,

de Nimes,

de Troyes,

d'Angers,

de Besançon,

de Caen,

de Rouen,

de Strasbourg,

de Lausanne,

de la Société d'agriculture, sciences et lettres de Poligny.

Vice-Président de la Conférence des sciences et lettres.

Membre fondateur de la Caisse des Écoles du 3e Arrond.

Bienfaiteur de l'Association des Médecins de la Seine.

Secrétaire de la Société médicale du Panthéon.

Mention honorable au Baccalauréat ès-sciences.

Note très-satisfait aux trois examens de fin d'année.

Lauréat de l'École de médecine, Tours, 2e année, 1re ment.

Id.   Médaille d'or, 3e année, 1er prix (concours).

Médaille d'argent décernée par le gouvernement (choléra).

Médaille décernée par le IIIe Arrondissement (ambulances).

Sur la Classification des maladies nerveuses.

Sur une Affection nerveuse singulière.

Sur l'Hypnotisme.

Sur les Doctrines médicales.

Sur l'Angine couenneuse, le Croup et la Trachéotomie.

Sur les Tumeurs fibreuses.

Sur les Parasites de l'homme.

Sur le Spéculum-trousse ou Stéthoscope-trousse.

Sur le Trocart-seringue.

Sur les Injections sous-cutanées.

Sur les Greffes animales autoplastiques.

Sur la Digestion et l'Alimentation.

Sur la Diathèse urique.

Sur les Ferments.

Sur la Pepsine et ses altérations.

Sur le Rôle des Phosphates dans l'organisme.

Sur les Eaux minérales phosphatées ferrugineuses.

Sur l'Introduction du Phosphate de fer dans la thérapeutique.

Sur la publication du nouveau Codex et sur la nécessité de le rendre exécutoire au 1er janvier 1867.

Sur l'Exercice de la Médecine et de la Pharmacie.

Sur l'Organisation de la Médecine et la Suppression des Officiers de santé.

Sur les moyens de propager l'instruction primaire.

Paris. — Imp. Félix Malteste et Cie, rue des Deux-Portes-St-Sauveur, 22.